F

Λ

Étude de cas sur la restauration des ⌄eraines à la ferme Santa Izabel

Pedro Felipe Teixeira Monteiro
Marcos Wilson Santos Rocha

Étude de cas sur la restauration des forêts riveraines à la ferme Santa Izabel

ScienciaScripts

Cover image: www.ingimage.com

This book is a translation from the original published under ISBN 978-620-2-18809-8.

Publisher:
Sciencia Scripts
is a trademark of
Dodo Books Indian Ocean Ltd. and OmniScriptum S.R.L publishing group

120 High Road, East Finchley, London, N2 9ED, United Kingdom
Str. Armeneasca 28/1, office 1, Chisinau MD-2012, Republic of Moldova, Europe

ISBN: 978-620-7-27729-2

Dédicace

À Dieu tout d'abord, qui nous a guidés à chaque étape de notre parcours. À

nos parents pour les sacrifices qu'ils ont faits pour nous amener jusqu'ici. À

toute notre famille qui nous a soutenus et qui a toujours été à nos côtés depuis

le premier jour de l'université.

Merci de votre attention.

À Dieu, qui m'a donné la santé et la force de surmonter les difficultés. À cet établissement, à son corps enseignant, à sa direction et à son administration, qui m'ont offert la fenêtre à travers laquelle je peux maintenant voir un horizon plus élevé, alimenté par une forte croyance dans le mérite et l'éthique présents ici. À notre superviseur, le professeur Catariny Cabral Aleman, pour son soutien pendant le peu de temps dont elle disposait, pour ses corrections et ses encouragements, et au professeur José Carlos Cavichioli, pour ses enseignements et ses conseils tout au long de ce travail. À nos parents, pour leur amour, leurs encouragements et leur soutien inconditionnel. À l'agronome Mario Alberto Lima Fonseca, pour nous avoir instruits et enseignés. Et à tous ceux qui, directement ou indirectement, ont joué un rôle dans mon éducation, merci beaucoup.

Résumé

Ces dernières années, l'augmentation de la dégradation de l'environnement a eu un impact

considérable sur les bassins fluviaux. On parle peu de la façon de protéger un bassin, et

une végétation riveraine adéquate est un bon moyen de le protéger. La destruction du

couvert végétal est en grande partie due à l'occupation désordonnée de la zone.

Actuellement, le reboisement de la forêt riveraine est une technique qui favorise la

réduction des impacts environnementaux résultant de l'action anthropique sur

l'environnement et promeut le développement durable de la propriété rurale. L'objectif de

ce travail était de réaliser une étude de cas d'un projet de récupération de la forêt riveraine,

qui est essentiel pour garantir la qualité de vie des générations futures, et la nécessité

d'améliorer la gestion rurale du ruisseau Água Branca dans la ferme Fazenda Santa Izabel

située à Ouro Verde - SP. Pour mener à bien cette étude, une étude bibliographique a été

réalisée sur la récupération de la forêt riveraine. Il existe également un partenariat entre

la mairie et le CATI, avec le propriétaire de la ferme, qui encourage l'éducation à

l'environnement pour les élèves des écoles de la municipalité, en effectuant des visites et

des cours pratiques pendant la période scolaire. Le projet a déjà été initié et en est

maintenant au stade de l'entretien des espèces cultivées.

Mots-clés : Impact environnemental, Dégradation, Développement durable.

CHAPITRE 1 INTRODUCTION

Les forêts riveraines sont des systèmes végétaux essentiels à l'équilibre environnemental et devraient donc être au cœur des préoccupations en matière de développement rural durable. La préservation et la récupération des forêts riveraines, associées à des pratiques de conservation et à une gestion adéquate des sols, garantissent la protection de l'une des principales ressources naturelles : l'eau (RICARDO, 2008).

Outre le processus d'urbanisation, les forêts riveraines subissent également des pressions anthropiques dues à plusieurs facteurs. Ce sont des zones directement affectées par la construction de barrages hydroélectriques, l'ouverture de routes dans des régions au relief accidenté et la plantation de cultures agricoles et de pâturages (MARTINS, 2001).

Les forêts riveraines ont pour fonction de protéger le sol contre l'érosion, de contenir les torrents, d'infiltrer les eaux de ruissellement, d'absorber les excès de nutriments, de retenir les sédiments et les polluants, de contribuer à la protection du réseau hydrographique et de réduire l'envasement du lit de la rivière. Elles agissent également comme des corridors écologiques, reliant des fragments de forêt et facilitant le déplacement de la faune et le flux génétique entre les populations d'espèces animales et végétales (FARIA, 2006).

Malheureusement, pendant l'occupation du Brésil, la majeure partie de la végétation, surtout dans le sud-est, a été coupée pour extraire le bois et planter ensuite diverses cultures telles que le café et le coton. Il ne reste alors qu'environ 7 % de la couverture

originelle, qui est toujours menacée. La solution, puisqu'il n'est pas possible de remonter

le temps et d'inverser la situation, est donc d'essayer de récupérer la région dévastée par

le biais de la reforestation. Et de veiller à ce que personne ne la détruise à nouveau.

Certains soutiennent que la régénération de la végétation doit se faire naturellement, sans

intervention humaine, même pour la plantation. Mais de cette manière, le processus prend

beaucoup plus de temps. C'est pourquoi la majorité des propriétaires fonciers qui

choisissent de récupérer des zones de forêts anciennes décident généralement de les

reboiser (FARIA, 2006).

Le reboisement est l'activité ou l'action environnementale qui consiste à planter des arbres

et d'autres végétaux dans des zones qui ont été déboisées, soit par les forces de la nature

(incendies et tempêtes, par exemple), soit par l'influence humaine (incendies, construction

de barrages, exploitation de minerais ou de bois, etc.) Le terme de reboisement ne peut

être utilisé que lorsqu'il s'agit de replanter, c'est-à-dire de planter à nouveau à un endroit

où la végétation existait auparavant. L'une des actions de reboisement les plus courantes

est le boisement, une technique qui consiste à planter des arbres dans des zones

dépourvues de végétation depuis longtemps (GUIMARÃES, 2006).

Cependant, de nombreuses difficultés surgissent lorsque l'on décide de mettre en œuvre un

reboisement environnemental. Le plus grand problème réside dans la création d'une méthode qui permettra de maintenir le projet sur une longue période de temps pour récupérer les forêts

riveraines. Il est donc essentiel qu'après la suppression ou la dégradation d'une forêt riveraine,

des projets soient développés pour la récupérer, afin de préserver la qualité de l'eau, de la

végétation et de la faune, et de dissiper l'énergie érosive (RICARDO, 2008).

Pour la revégétalisation complète du tronçon étudié, un modèle de plantation a été proposé,

basé sur une combinaison d'espèces de différents groupes écologiques. La zone à revégétaliser

est de 3 ha, et environ 5 000 plants d'espèces indigènes de la région seront nécessaires pour la

plantation. Le taux de mortalité étant estimé à 8 % maximum, 400 plants seront plantés pour

compenser la mortalité des plants.

Le cours d'eau est envasé. Accumulation de sédiments due à des processus érosifs causés par

l'eau, le vent et des processus chimiques, anthropogéniques et physiques, qui décomposent les

sols et les roches pour former des sédiments qui seront transportés. En d'autres termes, il s'agit

d'un terme équivalent à "obstruction", mais communément appliqué aux cours d'eau, et qui est

un produit direct de l'érosion du sol.

Dans la zone à réhabiliter, la forêt riveraine, comme le reste de la propriété, a toujours été

utilisée comme pâturage pour le troupeau de bovins du producteur, qui constituait sa source de

revenus pour la subsistance de la famille.

L'objectif de ce travail était de montrer les résultats d'un projet de récupération de la forêt riveraine par le biais du reboisement, qui est essentiel pour garantir la qualité de vie des

générations futures, et la nécessité d'améliorer la gestion rurale en restaurant la végétation dans

les zones en bordure du cours d'eau, en assurant la conservation du sol et le contrôle de

l'érosion, le développement de la flore et la protection de la faune. Pour mener à bien cette

recherche, une étude bibliographique et des études de cas sur la récupération des forêts

riveraines ont été réalisées à la Fazenda Santa Izabel, située à Ouro Verde - SP.

CHAPITRE 2 ANALYSE DOCUMENTAIRE

2.1 La dégradation de l'environnement et ses causes

L'énorme croissance de la population au 20e siècle a entraîné la nécessité d'une expansion humaine dans des zones inhabitées. Déforestation : il a fallu défricher des terres pour construire davantage de logements et de plantations, de sorte que plus de la moitié des forêts de la planète ont déjà été abattues. Chaque année, une superficie équivalente à celle de l'État de São Paulo est déboisée. Le Brésil est le chef de file de cette débâcle, avec une superficie de 2,3 millions d'hectares déboisés chaque année (RICARDO, 2008).

La dégradation de l'environnement est le processus par lequel il y a une réduction des ressources renouvelables potentielles causée par une combinaison d'agents agissant sur l'environnement en question. Tout processus qui diminue la capacité d'un environnement donné à maintenir la vie est appelé dégradation de l'environnement (Columnist Portal Educação, 2013).

Selon Dias (1998), la dégradation de l'environnement peut être comprise comme une altération des conditions naturelles qui compromet l'utilisation des ressources naturelles (sol, eau, flore, faune, etc.) et réduit la qualité de vie des populations. Pour Silva et Ribeiro (2004), la dégradation de l'environnement se caractérise par la déforestation, le défrichement des forêts et le brûlage de la végétation dans le but d'augmenter les surfaces défrichées pour répondre aux besoins des activités économiques telles que l'agriculture et l'élevage. En réalité, la dégradation revêt différents aspects et est causée par des facteurs apparemment inoffensifs.

Les causes sociales de la dégradation sont liées à l'action anthropique. Certains auteurs attirent l'attention sur le facteur anthropologique comme cause principale de la dégradation de l'environnement. Ce facteur peut être compris comme la croissance désorganisée de la population, qui cause de graves dommages à la nature (LIMA, 2005).

Selon Kamogawa (2003), la dégradation de l'environnement peut se produire de deux manières : en raison de la mauvaise utilisation des ressources naturelles et/ou en raison des externalités négatives générées par les processus de production et de consommation. Dans les deux cas, on peut considérer que l'action anthropique agit comme un promoteur du processus. L'action anthropique est étroitement liée à ce que la littérature qualifie de causes sociales de la dégradation.

2.2 Reboisement

La plupart des projets de restauration ont été réalisés à partir de données phytosociologiques (étude des communautés végétales) et floristiques d'une seule communauté au sein d'un ensemble de communautés restantes existantes dans un paysage régional. L'idée était que la communauté restaurée conduirait à l'émergence d'une forêt mature identique (en structure et en composition) à la forêt préétablie (GANDOLFI et RODRIGUES, 2007).

Actuellement, les projets de restauration des forêts tropicales tentent d'intégrer les particularités de chaque unité de paysage, dans le but de restaurer des processus écologiques importants dans la reconstruction d'une communauté fonctionnelle avec une grande diversité, sans se soucier d'obtenir une seule communauté finale avec les caractéristiques d'une communauté climacique préétablie (GANDOLFI et RODRIGUES, 2007).

2.2.1 Nucléation

La nucléation est comprise comme la capacité d'une espèce à améliorer significativement l'environnement, facilitant l'occupation de cette zone par d'autres espèces (YARRANTON et MORRISON, 1974). Ainsi, à partir d'îlots de végétation ou de noyaux, la végétation secondaire se développe au fil du temps et accélère le processus de succession naturelle dans la zone dégradée (MARTINS, 2007).

Quelques techniques de nucléation sont mentionnées ci-dessous (REIS *et al.*,2003 ; REIS et TRÊS, 2007;MARTINS, 2007) :

La plupart des projets de restauration ont été réalisés à partir de données phytosociologiques (étude des communautés végétales) et floristiques d'une seule communauté au sein d'un ensemble de communautés restantes existantes dans un paysage régional. L'idée était que la communauté restaurée conduirait à l'émergence d'une forêt mature identique (en structure et en composition) à la forêt préétablie (GANDOLFI et RODRIGUES, 2007).

Actuellement, les projets de restauration des forêts tropicales tentent d'intégrer les particularités de chaque unité de paysage, dans le but de restaurer des processus écologiques importants dans la reconstruction d'une communauté fonctionnelle avec une grande diversité, sans se soucier d'obtenir une seule communauté finale avec les caractéristiques d'une communauté climacique préétablie (GANDOLFI et RODRIGUES, 2007).

La nucléation est comprise comme la capacité d'une espèce à améliorer significativement l'environnement, facilitant l'occupation de cette zone par d'autres espèces (YARRANTON et MORRISON, 1974). Ainsi, à partir d'îlots de végétation ou de noyaux, la végétation secondaire se développe au fil du temps et accélère le processus de succession naturelle dans la zone dégradée (MARTINS, 2007).

Il existe un certain nombre de techniques de nucléation telles que la transposition de banques de graines, la transposition de branches, les perchoirs naturels et artificiels, la transposition de pluies de graines et la plantation de semis (REIS, 2003).

Également connue sous le nom de transposition de la banque de semences, cette technique consiste à prélever des portions de terre arable, ainsi que de la litière, dans une zone à un stade plus avancé de la succession et à les placer dans des bandes ou des îlots de la zone dégradée. On espère qu'avec le temps, ces bandes ou ces îlots deviendront des centres de grande diversité d'espèces, ce qui déclenchera le processus de succession dans l'ensemble de la zone. La transposition du sol est importante car, outre les graines, les êtres vivants responsables du cycle des nutriments, de la restructuration et de la fertilisation du sol, ainsi que les matières minérales et organiques sont emportés avec le sol, ce qui permet de récupérer les propriétés physiques et chimiques du sol dégradé et, par conséquent, de revégétaliser la zone (REIS, 2003).

Les débris végétaux (branches, feuilles et matériel de reproduction) en forêt sont considérés comme des broussailles. Pour restaurer une zone, ce matériel peut être disposé de manière désordonnée, formant un enchevêtrement de restes végétaux. Ces branches enchevêtrées offrent un abri aux petits animaux et maintiennent un environnement humide et ombragé, favorable au développement de plantes plus adaptées à ce type d'environnement. Les restes végétaux des forêts, lorsqu'ils sont enchevêtrés, forment un microclimat favorable à la germination et au développement des graines d'espèces plus adaptées aux milieux ombragés et humides et constituent d'excellents abris pour la faune (BECHARA, 2006).

L'utilisation de perchoirs est recommandée pour attirer les oiseaux et les chauves-souris, car ils offrent une zone de repos à ces animaux qui peuvent se déplacer entre les vestiges forestiers. Grâce aux fèces et aux matières régurgitées par ces animaux, des graines sont déposées à proximité des perchoirs, formant ainsi des noyaux de diversité. Les perchoirs naturels sont obtenus en plantant des arbres à croissance rapide dont le houppier est favorable aux oiseaux et aux chauves-souris, et dont les fruits peuvent attirer ces animaux. Les arbres restants dans la région peuvent également être utilisés. Des perchoirs artificiels peuvent être construits à l'aide de perches de bambou, de perches d'eucalyptus, de tiges d'arbres morts ou récemment abattus (avec une autorisation environnementale), auxquelles sont fixés de minces poteaux de bois. Les

perchoirs peuvent être reliés par des câbles en acier (REIS et TRÊS, 2007).

L'arrivée de graines sur un site par dispersion est appelée pluie de graines. Ces graines

dispersées peuvent être collectées et utilisées pour produire des semis dans le but de restaurer

une zone dégradée, ou elles peuvent être semées directement dans la zone à restaurer

(MARTINS, 2007).

La plantation de semis est un moyen efficace de prolonger le processus de nucléation. Elle peut

être réalisée de différentes manières, en termes de disposition des semis dans le champ. Une

forme de plantation serait aléatoire, où les semis sont plantés sans espacement défini.

Un autre modèle est la plantation en ligne avec des espèces pionnières et non pionnières, en

utilisant un espacement de 2 x 3 m ou 2 x 2 m (REIS et TRÊS, 2007).

2.2.2 Régénération naturelle

Selon Venturoli et al. (2007), la régénération peut être définie comme la restauration de la

phytomasse dans la clairière forestière lorsque la canopée atteint sa maturité, ou elle peut se

référer au regroupement de la diversité structurelle et floristique jusqu'à l'état climacique d'autoperpétuation. Cette notion est très importante dans la dynamique forestière, puisque le succès de la gestion sylvicole dépendra directement de son comportement, en particulier dans les zones sous gestion forestière où l'objectif est d'obtenir des forêts plus riches économiquement tout en maintenant le même degré de stabilité écologique.

Grâce à la régénération naturelle, les forêts sont en mesure de se remettre des perturbations naturelles ou anthropiques. Lorsqu'une zone forestière donnée subit une perturbation telle que l'ouverture naturelle d'une clairière, le déboisement ou un incendie, la succession secondaire est chargée de promouvoir la colonisation de la zone ouverte et de faire passer la végétation par une série de stades de succession, caractérisés par des groupes de plantes qui se remplacent les uns les autres au fil du temps, modifiant les conditions écologiques locales jusqu'à ce qu'elle atteigne une communauté bien structurée et plus stable. La régénération naturelle tend à être la forme la moins coûteuse de restauration des forêts riveraines, mais il s'agit généralement d'un processus lent. Si l'objectif est de former une forêt dans une zone riveraine en un temps relativement court, dans le but de protéger le sol et le cours d'eau, il convient d'adopter des techniques qui accélèrent la succession (MARTINS, 2001).

2.2.3 Semis direct

Le semis direct est considéré comme une technique de reboisement peu coûteuse et polyvalente qui peut être utilisée sur la plupart des sites et en particulier dans les situations où la régénération naturelle et la plantation de semis ne peuvent pas être réalisées (MATTEI, 1995).

Selon Barnett et Baker (1991), le semis direct n'est recommandé que pour quelques espèces, montrant des résultats favorables dans des zones dégradées, difficiles d'accès et à fortes pentes. Il convient de noter que le succès du semis direct dépend de la création d'un micro-environnement présentant des conditions aussi favorables que possible à l'émergence et à l'établissement rapides des semis (SMITH, 1986 ; DOUST, 2006).

En principe, le semis direct n'est recommandé que pour certaines espèces pionnières et secondaires précoces dans les zones dépourvues de végétation, ainsi que pour les espèces secondaires tardives et climaciques lorsqu'il s'agit d'enrichir les forêts secondaires (Kageyama et Gandara, 2004). Malgré la nécessité de parvenir à un établissement rapide de la végétation lors de la restauration d'écosystèmes dégradés par semis direct, il n'existe pas de méthodologie standard pour déterminer la densité idéale des semences pour de tels projets (Burton, 2006). Un autre facteur à observer est la taille des graines qui, dans certaines situations, peut influencer l'émergence et l'établissement des plantes sur les sites dégradés (DOUST, 2006).

2.2.4 Succession

Il est difficile d'établir la catégorie de succession correspondant à chacune des espèces échantillonnées isolément, mais l'association de cette information avec des paramètres phytosociologiques constitue une source importante pour l'analyse et la compréhension de la communauté végétale de la zone (GANDOLFI, 1995).

L'utilisation de la succession écologique dans l'établissement de forêts mixtes est une tentative de donner à la régénération artificielle un modèle qui suit les conditions dans lesquelles elle se produit naturellement dans la forêt. La simulation de clairières de différentes tailles et la situation d'absence de clairières fournissent des conditions appropriées, principalement la lumière, pour les besoins des différents groupes écologiques successifs (KAGEYAMA et GANDARA, 2004).

Pour classer les espèces par groupe de succession, les critères de classification des successions suggérés par Gandolfi ont été adoptés :

- Pionnières : espèces clairement dépendantes de la lumière qui ne sont pas présentes dans le sous-étage, mais qui poussent dans les clairières ou à la lisière de la forêt ;

- Espèces secondaires précoces : espèces présentes dans des conditions d'ombre moyenne ou de lumière peu intense, dans de petites clairières, à la lisière de grandes clairières, à la lisière des forêts ou dans le sous-étage qui n'est pas densément ombragé ;

- Espèces secondaires tardives : espèces qui se développent dans le sous-étage dans des conditions de lumière ou d'ombre dense, et qui peuvent y rester toute leur vie ou croître jusqu'à ce qu'elles atteignent la canopée ou l'état émergent ;

- Non caractérisées : espèces qui, par manque d'informations, n'ont pu être incluses dans aucune des catégories précédentes.

2.3 Éducation à l'environnement

L'éducation à l'environnement doit fournir les conditions nécessaires au développement des capacités requises pour que les groupes sociaux, dans les différents contextes socio-environnementaux du pays, puissent intervenir de manière qualifiée à la fois dans la gestion de l'utilisation des ressources environnementales et dans la conception et la mise en œuvre des décisions qui affectent la qualité de l'environnement, qu'il soit physique-naturel ou bâti, en d'autres termes, l'éducation à l'environnement comme instrument de participation et de contrôle social dans la gestion publique de l'environnement (QUINTAS, 2007).

La prise de conscience de l'être humain entraîne le besoin d'éducation. Une éducation qui part de la conscience de l'inachèvement de l'être humain est une éducation dont la fonction principale est de former cet être humain. "Les femmes et les hommes sont devenus éducables dans la mesure où ils se sont reconnus inachevés. Ce n'est pas l'éducation qui a rendu les femmes et les hommes éducables, mais la conscience de leur inclusion qui a généré leur éducabilité (FREIRE, 2010).

Nous comprenons que l'éducateur a un rôle de médiateur dans la construction des références environnementales et doit savoir les utiliser comme des instruments pour le développement d'une pratique sociale centrée sur le concept de nature (JACOBI, 2003).

CHAPITRE 3 ÉTUDE DE CAS
Localisation

La zone où la reforestation riveraine sera mise en œuvre est située à Fazenda Santa Izabel

(Figure 1) sur la route Caic - Ovd 040, Km 4.0, à droite, dans la municipalité d'Ouro Verde - SP,

qui a une population de 7800 habitants et une superficie totale de 266.782 km², biome

prédominant de la forêt atlantique (IBGE 2010), la propriété est située aux coordonnées (Utm)

: 426.017 / 7.628.321.

Figure 01. Vue de la zone où se trouve la ferme.

Source : Adapté de Google Earth (2012).

3.1.2 Caractérisation de la zone

La superficie totale de la propriété est de 411,4 hectares (170 acres) et la zone à remettre en état est de 3 hectares (1,24 acres), comme le montre la figure 01.

La propriété est utilisée pour l'élevage de bovins de boucherie, c'est-à-dire que toute la zone est pâturée pour nourrir le bétail.

L'herbe utilisée est le *Brachiaria brizantha*. Cette graminée vivace originaire d'Afrique tropicale s'est très bien adaptée au Brésil et a été utilisée du nord au sud du pays. C'est une graminée très résistante aux attaques des cicadelles des pâturages et qui pousse bien dans les endroits où la température varie entre 20 et 30 degrés. En termes de fertilité du sol, elle est modérément exigeante, mais réagit très bien à une augmentation de la production de masse. Les engrais phosphatés sont principalement utilisés pour la formation et les engrais azotés pour l'épandage en surface (AGROSALLES 2012).

Description botanique et caractéristiques culturales (AGROSALLES, 2012)

Nom scientifique : *Brachiaria brizantha* cv. Marandú

Nom commun : Braquiarão, Brizantão, Marandú

Origine : Afrique tropicale et australe

Exigences du sol : Moyenne/élevée

Exigences en matière de précipitations : Plus de 800 mm par an

Port : Touffe semi-dressée

Production de masse : 10 t à 15 t MS/ha/an

Tolérances/résistances : Brûlure/sécheresse/cigarette

Hauteur : 1 m à 1,50 m

Température : 20°C à 30°C

Profondeur de plantation : 1cm à 2 cm

Durée de la formation : 90 à 120 jours

Protéines brutes (moyenne) : 9 % à 11 %.

Digestibilité : Bonne

Appétence : Bonne

Manipulation : Entrée = 60 cm / Sortie = 30 cm.

3.1.3 Météo

Selon la classification de Koeppen, le climat de la région est classé comme Aw (climat tropical avec une saison hivernale sèche), le mois le plus froid ayant une moyenne mensuelle inférieure à 12^ C et le plus chaud une moyenne supérieure à 32^ C. Le mois le plus sec reçoit moins de 31 mm de pluie (CEPARI, 2015). Le mois le plus sec reçoit moins de 31 mm de pluie (CEPAGRI, 2015).

3.1.4 Sol

Le sol est de type sablonneux avec une fertilité élevée et moyenne, favorisant la pratique d'activités agricoles, et le relief est caractérisé par une légère ondulation.

Les actions visant à l'utilisation et à la gestion rationnelles des ressources naturelles, en particulier le sol, l'eau et la biodiversité, ont pour but de promouvoir l'agriculture durable, d'augmenter l'approvisionnement alimentaire et d'améliorer les niveaux d'emploi et de revenu dans les zones rurales (MINISTERIO DA AGRICULTURA E ABASTECIMENTO - MAPA, 2015).

Le sol de la Fazenda Santa Izabel est en bon état de conservation, grâce à l'utilisation de courbes de niveau et à une gestion correcte du sol.

3.1.5 Situation du cours d'eau

La largeur du ruisseau Água Branca varie de 2 à 5 mètres. Le cours d'eau est envasé (figure 02). En raison des processus érosifs provoqués par l'eau, il y a une accumulation de sédiments, ce qui entraîne des processus physiques, chimiques et anthropiques qui provoquent la désintégration du sol et des roches.

L'envasement peut être contenu en maintenant les terres arables et en créant des forêts riveraines. Dans les endroits où le sol est très sablonneux et où le processus d'érosion est très fort, des précautions supplémentaires doivent être prises, telles que des barrages de retenue, des traitements des ravines et l'utilisation de techniques de culture spéciales, telles que la plantation de paille et la rotation des cultures, pour éviter la perte de terres fertiles (SANTIAGO, 2011).

Figure 02. Cours d'eau Água Branca, zone où les animaux l'utilisent pour s'abreuver.

Source : Auteurs, 2015.

3.1.6 Situation des forêts riveraines

Pour revégétaliser complètement le tronçon étudié, un modèle de plantation a été proposé, basé sur une combinaison d'espèces provenant de différents groupes écologiques. La zone à revégétaliser pour répondre aux exigences de la législation est de 3 ha, et environ 5 000 plants d'espèces indigènes de la région seront nécessaires pour la plantation. Le taux de mortalité étant de 8 %, 400 plants seront plantés pour compenser.

Toute la zone environnante est pâturée. L'herbe utilisée est le Brachiaria brizantha. Les soins et la gestion sont les mêmes que pour la Fazenda Santa Izabel.

Dans la zone à réhabiliter, la forêt riveraine, comme le reste de la propriété, a toujours été utilisée comme pâturage pour le troupeau de bovins du producteur, qui constituait sa source de revenus pour la subsistance de la famille.

3.2 Opérations techniques

Le succès du reboisement dépend d'une série de procédures de base qui doivent être adoptées avant, pendant et après la plantation. Une fois que la zone à reboiser a été préalablement identifiée, un certain nombre de principes fondamentaux doivent être respectés :

- type de végétation régionale d'origine.

- les zones de préservation permanente.

- sélection d'espèces indigènes adaptables au site.

- le climat, la fertilité, la texture, la perméabilité, la topographie et la présence d'eau (hauteur de la nappe phréatique, humidité, engorgement et inondations périodiques).

- l'isolement de la zone par rapport aux animaux (MENDONÇA, GONZAGA, MACEDO, VENTURIN, 2006).

Au total, 80 espèces indigènes de la forêt tropicale atlantique seront utilisées, pour un total de 5 000 plantes, couvrant les deux groupes écologiques : les pionniers et les non-pionniers.

La zone a été délimitée par des clôtures afin que les animaux de la ferme (le bétail) ne puissent pas pénétrer dans la zone en cours d'assainissement,

L'application mécanisée d'herbicides **est le** processus d'élimination de la végétation existante qui pourrait entraver le développement des semis en raison de la concurrence des mauvaises herbes. La procédure est réalisée avec l'application d'herbicides du groupe Glyphosate, car ils ont des propriétés systémiques, permettant un contrôle total des mauvaises herbes, tant mono que dicotylédones, qui sont affectées par l'herbicide non seulement dans la partie aérienne, mais aussi dans les racines. (DIRECTION DE L'INGÉNIERIE, 2007).

Application 15 jours avant la préparation du sol, à raison de 3,5 l/ha en utilisant 200 l/ha de pulvérisation.

Cette opération consiste à abaisser la végétation existante jusqu'à 0,10 mètre du sol dans les zones destinées au projet où l'utilisation de tracteurs agricoles n'est pas possible, en tenant compte de la spécification suivante utilisée dans le projet (DIRECTION DE L'INGÉNIERIE, 2007).

Le fauchage a été effectué à l'aide d'une houe mécanisée, d'une faucille ou d'une débroussailleuse latérale, en veillant à ce que la végétation soit coupée aussi près du sol que possible.

La lutte contre les fourmis dans la zone où le projet doit être mis en œuvre et dans le voisinage a été effectuée à l'aide d'appâts ou de micro-appâts avant même la plantation, en parcourant les zones et en détectant les fourmilières de coupeurs de feuilles. Ce contrôle a été effectué immédiatement après la plantation, jusqu'à ce que les plants soient complètement développés (au moins 2 ans).

La délimitation des fosses consiste à déterminer le point exact où la fosse doit être ouverte, en respectant l'espacement indiqué, 3,0 mètres entre les rangs X 2,0 mètres entre les plantes (Adapté par les auteurs, 2015).

Le couronnement autour des trous a été réalisé pour empêcher la concurrence aérienne et racinaire entre les mauvaises herbes et les jeunes plants et pour aider à retenir l'eau lorsqu'elle est mouillée par la pluie et l'irrigation. La couronne a un rayon minimum de 0,50 mètre à partir de la tige (DIRECTORATE OF ENGINEERING, 2007).

Les trous ont été creusés avec un diamètre de 0,25 mètre et une profondeur de 0,60 mètre aux endroits déterminés précédemment, en suivant le système du quinconce, et avec un espacement de 2,00 mètres dans la rangée et de 3,00 mètres entre les rangées, à l'aide d'une houe ou d'un gabarit de la taille des tubes (DIRETÓRIA DE ENGENHARIA, 2007).
Le développement végétatif des agrumes bénéficie de l'application d'engrais organiques et, si nécessaire, d'une partie de l'engrais phosphaté dans le trou de plantation (AZEVEDO, 2015).
La fosse a été fertilisée avec 20 litres de fumier de bovins. Et 2 mois après la plantation, de l'urée a été appliquée comme source d'azote (Adapté par les auteurs, 2015).

3.2.1 Plantation de forêts.

Elle consiste à creuser des fosses préalablement marquées à un espacement de 3 x 2 mètres (3 mètres entre les rangées, 2 mètres entre les plantes), d'une taille permettant d'accueillir adéquatement les semis, sans étouffer la tige ni exposer les racines, alignées sur la clôture de la zone (CURY, 2011).
Quelques précautions ont été prises, comme le retrait complet de l'emballage du plant, en veillant à ne pas perturber le substrat d'origine. Les trous ont été creusés à l'aide d'une houe et d'un sillonneur traîné par un tracteur, ce qui facilite le travail et permet une meilleure décompression du sol. La plantule a été placée au centre du trou, le col de la plantule étant aligné avec la surface du sol, en veillant à ce que le sol soit bien compacté autour de la plantule. L'excès de terre après la plantation a été disposé en couronne autour du plant. Les semis ont été plantés en novembre 2012 (Figure 03), avec l'aide d'une réserve d'eau (Adapté par les auteurs, 2015).

Figure 03. Plantation réalisée en novembre 2012.

Source : Adapté par les auteurs, 2012.

3.2.2 Système de plantation

Un système de plantation en quinconce sera utilisé avec un espacement de 3 x 2 mètres, dans lequel les espèces pionnières et non pionnières sont alternées selon le modèle présenté à la figure 04.

Entre les plantes 2 mètres

Figure 04. Système de plantation en quinconce.

Source : Auteurs, 2015.

L'approvisionnement en eau consiste à verser l'équivalent d'un litre d'eau par bassin d'accumulation de chaque fosse plantée afin de réhydrater le gel, tous les 30 jours, uniquement lorsqu'il y a eu une sécheresse antérieure pendant une période de 30 jours ou lorsque les

précipitations au cours de la période de 30 jours ont été inférieures à 10 millimètres, jusqu'à ce

que les semis soient complètement payés (SECRÉTARIAT DES TRANSPORTS, 2007).

Ces services étaient effectués à l'aide de réservoirs de 2 000 litres fixés sur des tracteurs

agricoles.

3.2.3 Replantation de forêts

La nécessité de replanter les plants morts a été évaluée entre le 40e et le 60e jour après la

plantation, en notant que les retards dans la replantation peuvent endommager à la fois les

plants à replanter et la plante entière (DIRECTION DE L'INGÉNIERIE, 2007).

Ces trous seront rouverts et plantés, en appliquant les mêmes recommandations. En raison du

court laps de temps entre la plantation et la replantation, 40 jours, on envisagera l'utilisation

d'un engrais de plantation. Lors de la replantation, les plants de la même espèce ont été

remplacés. Lors de la replantation de ces plants, les trous n'ont été rouverts que dans la mesure

nécessaire pour recevoir les nouveaux plants, de sorte qu'il n'a pas été nécessaire d'enlever tout

le volume de terre. Cette opération a été réalisée après le premier couronnement (Adapté par les auteurs, 2015).

3.2.4 Tonte manuelle d'entretien.

Cette opération consiste à enlever la végétation existante à proximité de la zone de plantation, jusqu'à 0,10 mètre du sol, ce qui confirme les hypothèses techniques suivantes utilisées dans le projet :
- Cette opération a été réalisée pendant l'entretien, dans les zones où il n'est pas possible d'enlever les plants à conserver.
- Le fauchage est effectué à l'aide d'un fléau mécanisé, d'une faucille ou d'une débroussailleuse latérale, ce qui permet de couper la végétation.
- Il a été conduit à partir de 0,50 mètre de l'axe de la ligne de plantation, avec une largeur de 0,50 mètre par rapport aux lignes intermédiaires.
- Cette opération était sélective, afin de ne couper que les espèces indigènes (BOTEGA, 2010).

Le désherbage manuel consiste à éliminer manuellement les espèces envahissantes à l'aide de houes et/ou de mattocks.

3.2.5 Traitement de surface localisé.

Il a été appliqué après la montée en graines des semis (60 jours après la plantation), 50 g/trou d'urée. Avec le trou couvert et le sol humide, dans la projection de la tête de la plantule et à 20 cm de la plantule. 12 mois après la plantation, cette opération doit être répétée dans les mêmes conditions que celles décrites ci-dessus (BOTEGA, 2010).

3.3 Analyse des coûts

3.3.1 . Coût estimé de la mise en œuvre et de la maintenance

Le tableau 1 montre le coût estimé du projet de reboisement de la ferme. Au départ, nous ne disposions pas du taux de mortalité des plants, c'est pourquoi 5 000 plants ont été achetés.

3.3.3 Coût réel

Des économies ont été réalisées sur l'achat de plants, ceux-ci ayant été offerts par la Fondation

Tableau 1. Estimation des coûts	

Semis	5000
Hectares	3

Fonctionnement	Unité	Valeur	
Dessiccation	ha	R$	100,00
Préparation du sol	ha	R$	40,00
Coveamento	ha	R$	100,00
Semis	ha	R$	1.000,00
Total 1		R$	3.720,00

Fécondation	Muda	R$	2,50
Planter des semis	Muda	R$	2,50
Total 2		R$	25.000,00

Maintenance	Muda/an	R$	5,00
Total 3		R$	25.000,00

Total du projet	R$	28.720,00
Entretien annuel	R$	25.000,00

SOMata Atlântica. Avec un taux de mortalité de 8 %, 400 plants supplémentaires ont été donnés pour que le projet dispose à nouveau de 5 000 plants plantés, comme le montre le tableau 2.

Tableau 2. Coût réel

Semis	5400
Hectares	3
Années	4

Fonctionnement	Unité	Valeur	
Dessiccation	ha	R$	100,00
Préparation du sol	ha	R$	40,00
Coveamento	ha	R$	100,00
Semis	ha	R$	-
Total 1		R$	720,00

Fécondation	Muda	R$	2,50
Planter des semis	Muda	R$	2,50
Total 2		R$	27.000,00

Maintenance	Muda/an	R$	5,00
Total 3		R$	108.000,00

Total jusqu'en décembre 2015	R$	135.720,00

CHAPITRE 4 RÉSULTATS

Situation des cours d'eau

Avec l'avancement du projet, on constate une amélioration des conditions de base du ruisseau Água Branca, c'est-à-dire une réduction de la partie ensablée et une augmentation de la largeur, ce qui permet d'obtenir une plus grande quantité d'eau avec une meilleure qualité (figures 05, 06).

Figure 05. Situation actuelle du ruisseau Água Branca.

Source : Auteurs, 2015.

Figure 06. Largeur du ruisseau Água Branca.

Source : Auteurs, 2015.

Situation des forêts riveraines

Avec la combinaison de différentes espèces issues de groupes écologiques et originaires de la

région, une bonne adaptation a été observée car elles se trouvaient dans des conditions

idéales de croissance et, après la plantation, elles ont trouvé des conditions climatiques,

pédologiques et nutritionnelles favorables à la poursuite de leur développement (figures 07).

Figure 07. Vue latérale de la forêt riveraine.

Source : Auteurs, 2015.

Situation de la région environnante

La zone environnante est toujours un pâturage et l'herbe utilisée est toujours le *brachiaria*.

Brizantha, aucun autre type de culture n'a été envisagé, le propriétaire continuant à s'appuyer

uniquement sur l'élevage (figure 08).

Figure 08. Vue panoramique de la zone environnante.

Source : Auteurs, 2015.

CHAPITRE 5 CONSIDÉRATIONS

Le taux de mortalité a été de 8 %, ce qui est peu par rapport au nombre de plants plantés. 400

plants ont donc été replantés afin d'atteindre les 5 000 plants initiaux.

Au cours de l'étude, grâce à des visites techniques et à des conversations avec le propriétaire,

un partenariat a été signalé avec le conseil municipal d'Ouro Verde - SP, dans le cadre du projet

"Adoptez votre printemps", qui est mené par les écoles de la municipalité, avec des visites et la

plantation d'arbres par les élèves eux-mêmes. Il s'agit d'une incitation à l'éducation à

l'environnement, qui sensibilise les enfants et, par conséquent, leurs familles.

RÉFÉRENCES

AGROSALLES, **Produits agricoles**. Campinas - SP. 2012.

Disponible : http://agrosalles.com.br/site/produtos/gramineas/brizantha/ Consulté le 12 août

2015.

AZEVEDO, C. L. L. **Citrus Production System for the Northeast,** Fertilisation, 2003.

BOTEGA, H - **Planter pour l'avenir**, posté le 27 juillet 2010

Disponible à l'adresse suivante

http://plantandoparaofuturo.blogspot.com.br/2010/07/reflorestamento-em-area-de-

preservacao.html, consulté le 14/09/2015.

BOTEGA, H. ; Reboisement dans les zones de préservation permanente. Publié le 27 juillet 2012,

disponible sur **<http://plantandoparaofuturo.blogspot.com.br/2010/07/reflorestamento-**

em-area- de-preservacao.html> Consulté le 24 août 2015 à 20:30.

BURTON, C.M. ; BURTON, P.J. ; HEBDA, R. ; TURNER, N.J. Determining the optimal sowing density

for a mixture of native plants used to revegetate degraded ecosystems. Restoration Ecology,

Oxford, v.14, n.3, p.379-390, 2006.

CEPAGRI Météorologie Unicamp - **Centre de recherches météorologiques et climatiques**

appliquées à l'agriculture et à l'élevage.

Agriculture

Disponible à l'adresse suivante

http://www.cpa.unicamp.br/outras-informacoes/clima_muni_394.html   consulté   le

14/09/2015.

CURY, Roberta T. S. ; Jr. Oswaldo Carvalho - **Manuel pour la restauration des forêts - FORÊTS**

DE

TRANSIÇÃO, Série Bonnes Pratiques, Volume 5, Canarana : juin 2011.

DIAS, Regina Lúcia Feitosa. **Interventions publiques et dégradation de l'environnement dans la**

région semi-aride du Ceará (Le cas d'Irauçuba). Mémoire de maîtrise en développement et

environnement, PRODEMA. Université fédérale du Ceará. Fortaleza, 1998. 139f.:II.

RÉPERTOIRE D'INGÉNIERIE - **EMPLACEMENT ET ENTRETIEN DES SEMIS D'ESSENCE DE FORÊT**

NATURELLE - Département des autoroutes, octobre/2007

Disponible à l'adresse suivante   ftp://ftp.sp.gov.br/ftpder/normas/gestao_ambiental/ET-

DE-S00-

004_Planti_Essencias_Florestais_Nativas.pdf

Consulté le : 30/08/2015

DOUST, S.J. ; ERSKINE, P.D. ; LAMB, D. Direct seeding to restore rainforest species : microsites effects on the early establishment and growth of rainforest tree seedlings on degraded land in the wet tropics of Australia. Forest Ecology and Management, Amsterdam, v.234, p.333-343, 2006.

FARIA, C. Reforestation. Disponible à l'adresse suivante <www.infoescola.com/ecologia/reflorestamento/>. Consulté le 25 octobre 2015 à 18 heures.

FREIRE, P. **Pedagogia da Autonomia : saberes necessárias à prática educativa**. 41§reprint. São Paulo : Paz e Terra, 2010, 148p.

GANDOLFI, S. et RODRIGUES, R. R. Méthodologies de restauration des forêts. In : CARGILL. **Gestion de l'environnement et restauration des zones dégradées**. Fondation Cargill. 2007. pp.109-143.

GOMEZ-POMPA, A. et VÁSQUEZ-YANES, C. Estudios sobre la regeneración de selvas en regiones calido-humedas de Mexico. In : GÓMEZ-POMPA, A. ; DEL AMO, R. (eds.). **Investigaciones sobre la Regeneratión de Selvas Altas en Vera Cruz, México.** Mexico : Compañia Editora Continental, 1985. Chap. 1, p. 1-27.

GOTSCH, E. **Percée dans l'agriculture**. Rio de Janeiro : AS-PTA. 1995. 22p.

GUMARÃES, D. ; CABRAL P. ; Signification du reboisement. Disponible sur <

http://www.significados.com.br/reflorestamento/> consulté le 29 octobre 2015 à 15h00.

INSTITUT BRÉSILIEN DE GÉOGRAPHIE ET DE STATISTIQUE (IBGE). **Recensement démographique**

d'Ouro Verde. SP. 2010.

Disponible :.http://www.cidades.ibge.gov.br/xtras/perfil.php?lang=ecodmun=353480esearch=

| |infog r%Elficos:-informa%E7%F5es-completas Consulté le 20 août 2015.

JACOBI, P. Éducation à l'environnement, citoyenneté et durabilité. In : **Cadernos de Pesquisa**, n.

118, p. 189-2050, 2003.

KAGEYAMA, P.Y. ; GANDARA, F.B. Récupération des zones riveraines. In : RODRIGUES, R.R. ;

LEITÃO FILHO, H.F. (Eds.). Riparian forests : conservation and recovery. São Paulo :

EDUSP/FAPESP, 2004. p.249-269

KAMOGAWA, Luiz Fernando Ohana. **Croissance économique, utilisation des ressources**

naturelles et dégradation de l'environnement : Une application du modèle EKC au Brésil.

Mémoire de maîtrise. Piracicaba : Collège d'agriculture Luiz de Queiroz, 2003. 121 p. :il.

LIMA, P. V. P. S. ; QUEIROZ, F. D. S. Q. ; MAYORGA, M. I. O. ; CABRAL, N. R. A. J. ; La propension

à la dégradation environnementale dans la mésorégion du Jaguaribe dans l'État du Ceará.

Disponible à l'adresse http://www2.ipece.ce.gov.br/encontro/artigos_2008/4.pdf. Consulté le

13 septembre 2015 à 18 h 10.

Lorenzi, Harri. **Árvores Brasileiras Manual de Identificação e Cultivo de Plantas Arbóreas Nativas do Brasil** Vol.01. 5§ edição. Nova Odessa : Instituto Plantarum de Estudos da Flora Ltda. 2008.

MARTINS, P. da S. ; VOLKOFF, B. ; CERRI, C.C.;ANDREUX, F. Consequences of Cultivation and Fallow on Soil Organic Matter under Natural Forest in Eastern Amazonia. **Acta Amazónica**, v. 20, mar/déc. 1990.

MARTINS, S. V. **Récupération des forêts riveraines.** Aprenda Fácil Editora. Viçosa, MG. 2e édition, 2007. 255 p.

MARTINS, S. V. **Técnicas de Recuperação de Matas Ciliares**, Editora Aprenda Fácil. Viçosa - MG, 2001.

MATTEI, V.L. Importance d'un protecteur physique aux points de semis de Pinus taeda L. directement dans le champ. **Revista Árvore**, Viçosa, v.19, n.3, p.277- 285, 1995.

MENDONÇA, E. L. M. GONZAGA, A. P. D. MACEDO, R. L. G. VENTURIN, N. GOMES, J. E. **A Importância da Avifauna em Programas de Recuperação de Áreas Degradadas,** 07 February 2006. Electronic Scientific Journal of Forestry Engineering.

MINISTÈRE DE L'AGRICULTURE, **Conservation des sols et de l'eau.** 2015. Le développement durable.

ODUM, E.P. **Ecologia.** Rio de Janeiro : Ed. Guanabara, 1988. 434p.

PATRO, Raquel, Jardineiro.net - **Pata-de-vaca - Bauhinia variegata,** publié le 26/08/2014.

Disponible à l'adresse : http://www.jardineiro.net/plantas/pata-de-vaca-bauhinia-variegata.html consulté le 22/08/2015.

QUINTAS, J. S. Education in public environmental management. In : FERRARO JÚNIOR, L. A. (Org.). **Encontros e caminhos : formação de educadoras (es) ambientais e coletivos educadores.** Brasília : MMA, DEA, 2007. v. 2. p. 131-142.

REIS, A. Restauration des zones dégradées : la nucléation comme base pour l'augmentation des processus de succession. **Natureza eConservação.** 2003.1(1) : 28-36.

REIS, A. et TRES, D. R. Nucléation : intégration des communautés naturelles dans le paysage. In : CARGILL. **Gestion de l'environnement et restauration des zones dégradées.** Fondation Cargill. 2007. pp.109-143.

RICARDO, V.P. **Projeto de Recuperação das Matas Ciliares** Ibitinga. SP. 2008 Disponible : http://appvps6.cloudapp.net/sigam3/Repositorio/378/Documentos/4_2008_Ricardo_Mata_Ci liar.pd f. Consulté le 13 août 2015.

SANTIAGO, E. L'envasement. Archivé dans Géologie, Hydrographie, 2011. Disponible : http://www.infoescola.com/geologia/assoreamento. Consulté le 15 août 2015.

SECRÉTARIAT AUX TRANSPORTS DE L'ÉTAT DE SÃO PAULO. Plantation et entretien des semis d'essences forestières indigènes. Octobre 2007. p. 9

SMITH, D.M. La pratique de la sylviculture. New York : John Wiley, 1986. 527p.

TRÊS, D. R. Tendances de la restauration écologique basée sur la nucléation. In : MARIATH, J. E. A et SANTOS, R. P (eds.). Advances in botany at the beginning of the 21st century : morphology, physiology, taxonomy, ecology and genetics. **Conférences plénières et symposiums du 57e congrès national de botanique.** Société botanique du Brésil. 2006. pp. 404-408.

VENTUROLI, F. ; FELFILI, J. ; FAGG, C.W. Dynamics of Natural Regeneration in a Semideciduous Seasonal Forest under Low Impact Forest Management. **Revista Brasileira de Biociências,** Porto Alegre, v. 5, supl. 1, p. 435-437, juillet 2007.

VIEIRA, Roberto Fontes *et al* - **Frutas Nativas da Região Centro-Oeste do** Brasil, Embrapa Recursos Genéticos e Biotecnologia Brasília, DF 2006.

YARRANTON, G. A. et MORRISON, R. G. Spatial dynamics of a primary succession : nucleation. **The Jounal of Ecology.** 1974. 62(2) : 417-428.

ANNEXE A

Espèces utilisées pour le reboisement de la zone d'étude.

Espèces	Classification	Nom scientifique	Famille	Total
Cravache	Pionnier	*Luehea Divaricata*	Malvacées	62
Coton	Pionnier	*Gossypium Hirsutum L*	Malvacées	62
Angico blanc	Pionnier	*Adenanthera Colubrina*	Fabacées Mimosoideae	62
Angico do Cerrado	Pionnier	*Anadenanthera falcata*	Mimosoideae	62
Rouge Angico	Pionnier	*Anadenanthera macrocarpa*	Mimosoideae	62
Mastic rouge	Pionnier	*Schinus Terebinthifolius*	Anacardiacées	62
Aroeira Pimenteira	Pionnier	*Schinus terebinthifolius*	Anacardiacées	62
Baboza blanc	Pionnier	*Cordia Superba*	Boraginaceae	62
Canafistola	Pionnier	*Peltophorum dubium*	Caesalpinioideae	62
Paille Pito	Pionnier	*Mabea brasiliensis*	Euphorbiaceae	62
Capixingui	Pionnier	*Croton floribundus*	Euphorbiaceae	63
Capororoca	Pionnier	*Rapanea ferruginea*	Myrsinaceae	63
Cedro Mirim	Pionnier	*Cedrela fissilis*	Meliaceae	62
Chal Chal	Pionnier	*Allophylus Edulis*	Sapindaceae	62
Crindiuva	Pionnier	*Trema micrantha*	Ulmaceae	62
Dé à coudre	Pionnier	*Lafoensia pacari*	Lythraceae	62
Embiruçu	Pionnier	*Pseudobombax grandiflorum*	Bombacaceae	62
Figuier blanc	Pionnier	*Ficus guaranitica*	Moraceae	62

Goyave	Pionnier	*Psidium Guajava*	Myrtacées	63
Banane Inga	Pionnier	*Inga Sessilis*	Fabacées	62
Inga by Metro	Pionnier	*Inga edulis*	Mimosoideae	62
Inga Quatro Quina	Pionnier	*Inga uruguensis*	Mimosoideae	62
Jacaranda Caroba	Pionnier	*Jacaranda macrantha*	Bignoniaceae	62
Jacaranda Mimoso	Pionnier	*Jacaranda mimosifolia*	Bignoniaceae	62
Radeau Brava	Pionnier	*Heliocarpus americanus*	Tiliacées	62
Jaracatia	Pionnier	*Jacaratia spinosa*	Caricacées	62
Jenipapo	Pionnier	*Genipa americana*	Rubiacées	63
Jeriva	Pionnier	*Syagruz romanzoffiana*	Arecaceae	63
Laurier brun	Pionnier	*Cordia trichotoma*	Boraginaceae	63
Écuyer	Pionnier	*Mabea fistulifera*	Euphorbiaceae	63
Pauvre Marie	Pionnier	*Dilodendron bipinnatum*	Sapindaceae	63
Mirindiba Rosa	Pionnier	*Lafoensia glyptocarpa*	Lythraceae	63
Monjoleiro	Pionnier	*Sénégalia polyphylla*	Légumineuses	63
Mutambo	Pionnier	*Guazuma ulmifolia*	Malvacées	63
Pied de vache	Pionnier	*Bauhinia forficata*	Fabacées	63
Bâton de cigale	Pionnier	*Senna multijuga*	Légumineuses	63
Bâton de fourmi	Pionnier	*Triplaris americana*	Polygonacées	63
Pau Viola	Pionnier	*Cyntharexyllum myrianthum*	Verbénacées	63
Coffre à colombes	Pionnier	*Tapirira guianensis*	Anacardiacées	63

Eau de saignée	Pionnier	*Croton urucurana*	Euphorbiaceae	63
Taiúva	Pionnier	*Maclura tinctoria*	Moraceae	62
Sabot	Pionnier	*Aegiphila sellowiana*	Verbénacées	62
Tingui	Pionnier	*Dictyoloma vandellianum*	Rutacées	62
Aldrago	Pas de pionnier	*Pterocarpus violaceus*	Fabacées	62
Jaune	Pas de pionnier	*Terminalia triflora Griseb*	Bignoniaceae	62
Jaune Araçá	Pas de pionnier	*Psidium cattleyanum*	Myrtacées	63
Araça Roxo	Pas de pionnier	*Psidium myrtoides*	Myrtacées	63
Arc de tamisage	Pas de pionnier	*Cupania vernalis*	Sapindaceae	63
Mastic noir	Pas de pionnier	*Myracrodruon urundeuva*	Anacardiacées	63
Cabreuva	Pas de pionnier	*Myroxylon peruiferum*	Fabacées	63
Cannelle de Cutia	Pas de pionnier	*Esenbeckia grandiflora*	Rutacées	63
Cèdre rose	Pas de pionnier	*Cedrela fissilis*	Méliacées	63
Le cœur du noir	Pas de pionnier	*Poecilanthe parviflora*	Papilionoideae	63
Brochette	Pas de pionnier	*Casearia*	Flacourtiaceae	62
Guajuvira	Pas de pionnier	*Patagonula americana*	Boraginaceae	63
Guaramirim Jaune	Pas de pionnier	*Plinia rivularis*	Myrtacées	63
Guarita do Campo	Pas de pionnier	*Astronium graveolens*	Anacardiacées	63
Inga blanche	Pas de pionnier	*Inga laurina*	Fabacées	63
Ipé jaune	Pas de pionnier	*Tabebuia serratifolia*	Bignoniaceae	63
Ipé blanc	Pas de pionnier	*Tabebuia rose-alba*	Bignoniaceae	63
Ipé rose	Pas de pionnier	*Tabebuia impetiginosa*	Bignoniaceae	63

Ipe Roxo Bola	Pas de pionnier	*Handroanthus Avellanedae*	Bignoniaceae	63
Jatoba	Pas de pionnier	*Hymenaea courbaril*	Légumineuses	63
Jequitiba Blanc	Pas de pionnier	*Cariniana estrellensis*	Lecythidaceae Lindl	63
Rouge Jequitiba	Pas de pionnier	*Cariniana rubra*	Lecythidaceae Lindl	63
Produits laitiers	Pas de pionnier	*Tabernaemontana hystrix*	Apocynaceae	62
Coing des champs	Pas de pionnier	*Austroplenckia popuknea*	Rosacées	62
L'œil du dragon	Pas de pionnier	*Adenanthera pavonina*	Sapindaceae	63
Plante peinte en rose	Pas de pionnier	*Chorisia speciosa*	Bombacaceae	62
Pau Brasil	Pas de pionnier	*Caesalpinia tinctoria*	Fabacées	62
Pau d' Alho	Pas de pionnier	*Gallesia integrifolia*	Caesalpinioideae Phytolaccaceae	62
Pau Ferro	Pas de pionnier	*Caesalpinia ferrea*	Fabacées	62
Pau Sangue	Pas de pionnier	Pterocarpus violaceus	Caesalpinioideae Légumineuses	63
Peroba rose	Pas de pionnier	*Aspidosperma polyneuron*	Apocynaceae	62
Pêcher sauvage	Pas de pionnier	*Prunus sellowii*	Rosacées	62
Pitanga	Pas de pionnier	*Eugenia uniflora*	Myrtacées	62
Saguaragi	Pas de pionnier	*Colubrina glandulosa*	Rhamnaceae	62
Sibipiruna	Pas de pionnier	*Caesalpinia pluviosa*	Fabacées	63
Tarumã	Pas de pionnier	*Vitex montevidensis*	Lamiaceae	62
Pamplemousse	Pas de pionnier	*Eugenia uval ha*	Myrtacées	63
			Total	5000

(Lorenzi, 2008), (PATRO, 2014), (VIEIRA, 2006).

Table des matières

Milton Keynes UK
Ingram Content Group UK Ltd.
UKHW010710280324
440307UK00001B/72